Para todo aquel que alguna vez se ha sentido cautivado por un libro
J. K.

Para dos princesas australianas, Mia y Ava
E. E.

Puedes consultar nuestro catálogo en www.picarona.net

¡SHHH! ¡ESTOY LEYENDO!
Texto: *John Kelly*
Ilustraciones: *Elina Ellis*

1.ª edición: marzo de 2020

Título original: *Shhh! I'm Reading*

Traducción: *David Aliaga*
Maquetación: *Montse Martín*
Corrección: *Sara Moreno*

© 2019, John Kelly & Elina Ellis
Edición original publicada por Little Tiger Press en 2019,
sello editorial de Little Tiger Group
1 Coda Studios, 189 Munster Road. London SW6 6AW. Reino Unido
(Reservados todos los derechos)
© 2020, Ediciones Obelisco, S. L.
www.edicionesobelisco.com
(Reservados los derechos para la lengua española)

Edita: Picarona, sello infantil de Ediciones Obelisco, S. L.
Collita, 23-25. Pol. Ind. Molí de la Bastida
08191 Rubí - Barcelona
Tel. 93 309 85 25 - Fax 93 309 85 23
E-mail: picarona@picarona.net

ISBN: 978-84-9145-324-6
Depósito Legal: B-20.558-2019

Impreso en LTP/1400/3008/1119

Printed in China

¡SHHH!
¡ESTOY LEYENDO!

JOHN KELLY • ELINA ELLIS

 Picarona

Aquella tarde de domingo llovía y hacía un viento terrible, pero a Bella no le importaba. Estaba entretenida leyendo ¡el mejor libro DEL MUNDO! La historia estaba llegando a la parte más EMOCIONANTE, justo al final, donde...

—¡JOU, JOU, JOU, grumete Bella! —exclamó el capitán Alberto el Flatulento—. ¡Es domingo! ¿Estás preparada para otra aventura con los Piratas Ventosos?

—Lo siento, capitán –dijo Bella–, pero hoy me quedaré aquí sentadita, leyendo mi libro.

—¿LEYENDO UN LIBRO? –gruñó Alberto–.
¡POR MIS VENTOSOS PANTALONES! ¿Cómo puede un libro
ser mejor que un viaje a la isla del Diablo, batirse en duelo
con Sinforoso
        el Asqueroso...

... y regresar a casa con el barco cargado con un gran botín?

¡AAARGHHH!

—¡Pues este libro lo es! —dijo Bella—.
¡Así que ya podéis echar
el ancla y sentaros en silencio
PORQUE ESTOY LEYENDO!

Bella agarró su libro
y comenzó a leer aquella
parte EMOCIONANTE,
justo al final, donde...

—Bella, querida –graznó Nino Pingüino–.
¿Por qué no estás vestida? ¡Es domingo por la tarde!
¡Es hora del ESPECTÁCULO!

—¡Ahora no! —dijo Bella—. La verdad
es que prefiero estar aquí sentada
leyendo mi libro.

—¿LEYENDO UN LIBRO? —exclamó Nino—. ¿Cómo puede un libro ser más fabuloso que el típiti-tap-tap de unos zapatos de baile, que el calor de los aplausos y este DESLUMBRANTE vestido?

—¡Vaya! –dijo Bella–. ¡Pero es que este libro
es incluso más fabuloso que TODAS
esas lentejuelas! –Señaló a la banda y dijo–:
¡TODO EL MUNDO A DESCANSAR!
Y, por favor, en silencio,
¡QUE ESTOY LEYENDO!

Bella agarró su libro y comenzó a leer
aquella parte EMOCIONANTE,
justo al final, donde...

—¡Reclamo este dormitorio en nombre
del Imperio Lardon! –anunció el emperador
Rómulo el Trémulo.
—¡AHORA NO! –exclamó Bella–.
¡Estoy leyendo este LIBRO!

—¡Pero es domingo! –protestó Rómulo–. Siempre defiendes la Tierra los domingos por la tarde.

—Lo sé –suspiró Bella–. Pero hoy

¡ESTOY LEYENDO!

—¿LEYENDO? –balbuceó Rómulo–.

¿Cómo puede un libro ser más emocionante

que unos cañones láser abrasadores, esquivar misiles antimateria

y surcar la galaxia a toda mecha en una estupenda **NAVE ESPACIAL?**

—¡PUES ESTE LIBRO LO ES! –dijo Bella–.

Ya salvaré la Tierra después de merendar.

Pon tus tentáculos en esa esquina

y ¡QUÉDATE QUIETECITO! Por última vez,

¡ESTOY LEYENDO!

Al fin hubo un poco de paz y tranquilidad.

Bella siguió leyendo y, justo antes de la hora de la merienda, pudo terminar el libro.

—¡Es el MEJOR LIBRO DE LA HISTORIA! –dijo–.
Y ahora, ¿quién quiere embarcarse
en una INCREÍBLE aventura?

Todos la miraron y dijeron...

—Quizá más tarde, Bella, ahora...

¡ESTAMOS LEYENDO!